KB042128

여기 잠깐만 앉았다 가면 안 돼요

시작시인선 0423 여기 잠깐만 앉았다 가면 안 돼요

1판 1쇄 펴낸날 2022년 5월 20일
지은이 박영선
펴낸이 이재무
책임편집 박찬세
편집디자인 민성돈, 장덕진
펴낸곳 (주)천년의시작
등록번호 제301-2012-033호
등록일자 2006년 1월 10일
주소 (03132) 서울시 종로구 삼일대로32길 36 운현신화타워 502호
전화 02-723-8668
팩스 02-723-8630
블로그 blog.naver.com/poemsijak
이메일 poemsijak@hanmail.net

ⓒ박영선, 2022, printed in Seoul, Korea

ISBN 978-89-6021-631-0 04810
     978-89-6021-069-1 04810(세트)

값 10,000원

여기 잠깐만 앉았다 가면 안 돼요

박영선

천년의
시 작

석양이 지니
날개를 접을 때라고

열심히 달렸으니
운동화 끈을 풀어도 된다고

그런데
누구는 또,

석양이 뜬다고

이제 달리는
법을 알았다고

차 례

시인의 말

제1부

사랑

깨진 가로등 매달린 전봇대에
덜렁덜렁 붙어 있는
비에 몇 번이나 젖었다 말랐을 찢어진 골판지
검붉은 뼁끼로 뚝뚝 눌러쓴 망치 같은 글자

애견 센타! 생고기 팝니다!
골목 끝 88m, ○○○–△△△△–□□□□

사랑은 대개 막다른 골목에서 시작되지

날것끼리

오늘은 비린 게 당긴다고
반백 년 지기 우정들이 어울려 서해 포구로 간다
죽임의 비린내가 진동하는 등용문 언저리
우리는 충혈된 눈으로
먼바다의 노을을 소리 내어 읽고
수족관 앞에 무릎을 꿇는다
버선발로 뛰어나오는 장모의 팔뚝에는
승천하지 못한 이무기의 비늘이 박혀 있다

수족관으로 뛰어든 허기가 물고기의 부른 배를 쫓는다
갇힌 지 오래되어 몸이 헐고 눈자위가 찌든 먹잇감들이
찢어진 꼬리를 흔들어 보인다
이른 침이 입술을 두드린다

상처 많은 놈이 자연산이라네
장모님 저놈으로 잡아 주쇼
어쨌든 나는 저것의 눈빛부터 먹어야겠소
늙은 생선이 펄쩍 놀라는 시늉을 하며
굽혀지지 않는 지느러미를 추슬러 검버섯 핀 제 몸을 감싼다
목이 긴 장화를 신은 요리사의 가려진 주방

무뎌진 칼 벼리는 소리

백태 낀 먹잇감의 눈자위에 비늘 몇 점 달라붙는다, 눈

꺼풀 같은

회는 파도 소리를 안주로 먹는 게 제일이라고

노을을 집어삼킨 한 녀석이 발장단을 친다

생선 대가리가 회 접시 위에서 눈을 껌뻑이고

뜯긴 살점이 젓가락을 튕겨 낸다

감추지 못한 살기가 무지갯빛으로 살아나 목젖을 넘는다

바다가 무덤이 될 것이다

그들의 무덤이 된 나는, 어쩌면

모기의 직업

　게으른 창문이 한낮이 되어서야 열립니다. 자지러진 하품만 끌어안고 밤새 갇혀 있던 날숨들이 세상 밖으로 날아갑니다. 아스팔트를 찍는 기계 소리가 들숨으로 들어옵니다. 다다다다 리리리리 다리아파다리아파. 기계가 찍어 대는 저곳이 아마 지구의 다리 쪽인가 봅니다.

　간밤에는 딱따구리 닮은 모기가 내 다리에 작업을 걸었지요. 밤일을 한 모기에게 모닝 차를 대접할까요. 세상으로 나간 모기가 작업복을 벗어 툭툭 털며 일회용 커피 잔을 들어 올립니다. 손은 아직 발파 작업의 후유증을 겪는 중입니다. 모기의 일터에는 불꽃이 만개한 자리가 생겼지요. 부지런한 일꾼이 너무 깊은 곳까지 파 내려가 내 안의 용암을 건드렸나 봅니다. 땅의 피부를 깊이 뚫으면 무의식이라는 용암이 터질까요. 내일 아침 창문을 열면 화산이 있는 경치가 우리를 놀랠 수 있습니다. 밤이 오기 전에 노란 정지 깃발을 땅에 꽂아 둘까요. 밤새 내 다리를 파헤친 모기와, 도로를 구멍 낸 인부들이 손을 마주치는 시간은 잠시 정적이 흐릅니다.

　아무 일 없었다는 듯 봉인을 서두르는 지구의 살갗 아래로 새로 매설한 음모들이 삼색을 자랑하며 엉켜 있겠지요.
작업의 완결성 면에서는 땅의 작업자들이 한 수 위일까요.
나는 뒤처리에 미숙한 모기를 용서해 주기로 합니다. 실은
모기의 실력도 만만치 않음이 곧 증명됩니다. 그가 신경계
에 매설한 장비가 잘 작동되는 듯 봉긋 솟은 화산에서 용암
한 방울이 올라옵니다.

　뒷정리를 마친 도로는 아무 일 없었다는 듯 일상을 맞아
들이고, 물집 잡힌 내 다리도 가려웠던 추억만 일기장에 남
겨 놓을 거예요. 언제나 그렇듯이

고양이를 찾아서

밤을 사는 나비와 낮을 살고 있는 나는 늘 불화한다

네발로 걷는 걸음과 두 발로 기는 걸음
다음 시간으로 넘어갈 때 누가 유리할까

가출한 나비를 찾으려 밤으로 나갔다
어제도 걸었던 길에 물웅덩이가 생겼다
고양이가 뛰어넘었을 깊은 어둠이
보도블록으로 모습을 숨기고 있다

하늘을 담고
하루 새 이끼로 막을 두른 웅덩이
마침 나비의 꼬리를 물고 있다
나도 이런 풍경 속에서 나온 적이 있다

꼬리를 삼키고 밤의 잔물결로 입가심하는
나비

모든 가출은 어렵다

\>

자세히 보아야 보이는 물 계단
하늘이 들어앉아 이정표를 만들고 있다

계단에 이르는 길은 누구에게나 하나쯤 있어
낯익은 자리의 낯선 웅덩이
잃어버린 꼬리가 일렁이고
내가 들어가고 있다

오래전부터의 일이다

걸을 자리에 덫을 만들어 놓고
나비는 어떤 밤으로 돌아가나

지각

치러야 할 오늘을 위해 새 신을 신는 현관은
늘 가쁜 숨이 산다

뒤축이 꿰어지기 전에
이마가 먼저 출근하려 나서고
현관문까지 따라나선 아침 식탁 뒤로
시간을 쫓아 허둥대는 오전 스케줄

통근 버스 타려 줄을 맞추는 종아리들
짝다리로 제 그림자에 시비만 툭툭

허둥허둥 떠오른 해는 벌써 간식거리를 찾고
내일치 피로가 왕진 가방을 들고 서 있다
비둘기 한 마리
느티나무 벤치 옆 빵 봉지로 옮겨 앉는 사이
시간표만 싣고 돌아가는 통 큰 버스

현재가
헛바퀴 도는 시계 판 위를 저체온으로 지나가는 중

＞

벤치에 이야깃거리만 보태 준 오전의 얼룩들이

차곡차곡 빛을 개어 둔다

보도블록 위에 버려진 머리핀이

바람의 기억을 무료하게 그려 보는 동안

공포 영화를 좋아하세요

12시에 뛰기 시작한 심장이
쓰레기통에 있던 시간을 꺼내어 외출을 한다
찾아간 곳은 폐업 직전의 영화관
196석의 붉은 좌석을 채운 건 내 어깨와 팝콘 한 상자
불이 꺼지고 청소하던 알바생이 막 자리를 뜬다

저기요, 여기 잠깐만 앉았다 가면 안 돼요?
혼자 보려니 무서워서 그래요
저도 이런 거는 잘 못 보는데요
그래도 옆 좌석에 화분처럼 엉덩이를 얹어 준다

그럼 어떤 영화 좋아하세요
그냥 사람이 많이 드는 영화 좋아해요
그렇구나 사람 안 드는 영화는 싫어하시는구나
지금처럼 관객 혼자 보는 영화가 더 무서워요

그런데 왜 혼자세요
조금 춥네요

누구 들으라고 했던 이야기들이 스크린에 펼쳐진다

>
손마디에서 삐져나오려는 손톱들을 누르느라
손가락 끝이 진땀을 흘리고

영화 속에서만 살아야 할 사람들이 객석을 차지하면
무슨 일이 곧 일어날 스크린 속으로 나마저 빨려 들어간다

영화를 보다가 자막을 보는 건 무언가를 훔치는 것 같다

엔딩 자막이 올라가고 돌아온 세상
알바생이 앉았던 자리엔 빨간 운동화 한 짝만 남았고
악당이 되어 영화관을 나오는 내 손에
내 것이 아닌 게 들려 있다

영화가 무서운 건 생각하는 대로 이루어지기 때문

공포 영화 좋아하세요?

인형의 집

　기습 한파에 눈이 펑펑 쏟아진답니다, 폭설에 퇴근길은
대란이고요
　TV에서는 16중 추돌이 일어나려면 어떻게 모여야 하는
지 현장을 생중계합니다
　눈이 키만큼 쌓여 갑니다

　바비의 집 안은 이렇게 화목한데
　크리스마스이브이고

　엄마는 퇴근하지 않은 아빠가 아직 출발하지 않았다고는
생각하지 않습니다
　연락이 안 된다고 전화통을 붙들고
　엄마는 보라색 스웨터를 입고
　안절부절못합니다
　바비도 보랏빛 스웨터를 입고 싶습니다

　베란다에서 보이는 공원에 무지개색 불이 켜지기 시작
합니다
　눈이 내릴수록 점점 환해지는 저녁
　아이들이 나와서 눈싸움을 합니다

눈사람이 벌써 네 개나 목도리를 두르고 서 있습니다
내리는 눈을 바라보니 졸음이 옵니다
슬픔이 가벼워서인가요
눈옷을 입은 아이들이 날아다녀도
그곳은 바비의 세상이 아닙니다

휴대폰을 누르고 있는 엄마는 작아진 것처럼 보입니다
엄마의 손은 언제나 따뜻했는데
핑크 웨딩드레스 입은 바비의 손은 아직 차갑고

예감이 좋지 않아 예감이 좋지 않아
메아리가 되어 울리는 엄마의 후렴구가
예배당 종소리에 매달려 바비의 집 천장으로 메아리칩니다
엄마의 주소지는 언제나 집이어서
길 위가 집인 사람의 노래를 믿지 않는 편입니다

위로의 말을 건네고 싶은 바비는
실어증을 앓고 있는 중입니다

눈이 구름처럼 땅 위에서 피어나는 거룩한 밤

\>

외투가 걸린 걸 한 번도 본 적이 없습니다
아빠의 옷걸이에

갇혀 있던

서랍 속의 안 쓰는 시간을 정리하다 만난 낯익은 USB.

알 만한 파일들 속에 무채색 뭉치들이 잠들어 있다. 커서가 찾아낸 제목 없는 파일에서 '우리들의 시간은 멈췄다'라는 짧은 글이 섬처럼 떠오른다. 왜 이런 글이 여기 살고 있을까. 무엇이 만들어지려 했던 걸까. 만들다 만 마음은 출구 없는 곳에서 어떤 음모를 꾸미고 있었을까. 생각나지 않는 생각을 생각하다가 내가 이런 생각을 언제까지 생각해야 하나, 라는 생각. 나머지 뭉쳐진 시간들엔 무엇이 들어가 무엇이 되어 있는지. 흔들리던 손끝을 있던 자리에 되돌려 놓는다.

언젠가 내가 썼던 USB 안에는 어떤 내가 들어 있는지. 긴 복도 같은 파일을 지우면 어느 때의 나는 지워지는지.

나만 남고 너를 지울 수 있을지. 어쩌면.

뭉친 실타래 같은 생각의 끝을 잡아당겨 볼까, 하는 생각은 조금 더 생각한 후에 생각해도 된다는 생각.

잠시 어딘가를 다녀와야겠다.

연관통

신경들이 망치를 들고 모여
이를 두들겨 댄다
죽을 듯이 깨어난 아침

부은 쪽 이들은 아무 이상이 없습니다
금 가고 깨진 이쪽 이를 치료해야 합니다
금 가고 깨졌다는 그 이는 아프지 않다네요

의사는 신경정신과에 의뢰서를 써 주랴 한다
그냥 선생님이 치료하고픈 이를 치료해 보세요
아파하지 않는 그러나 금 가고 깨어진 이를 치료하니
뿌루퉁했던 이들이 통증을 멈추었다

연관통이라고 합니다
아픈 신경이 가끔 오작동할 때가 있습니다

어떤 연관통의 심지가 이와 눈을 맺어 주었는지
이의 통증이 멎으니
자꾸 세상이 두 개로 보인다

>

세상이 하나 더 보여요
눈 뒤에 숨은 지 오래된 세상이
자꾸 앞으로 나서려 해요
이제 와서

눈물이 많이 고여 있어서 그래요 눈물을 좀 흘려 보세요
눈물이 나질 않아요 머리카락도 슬프고 엄지발톱도 슬픈데
심장이 슬픔을 좋아해서 그래요
슬픈 영화를 보세요

화면 밖으로 뿌려 대는 여자 주인공의 눈물 세례를 맞고
눈은 드디어 보아야 할 것만 보인다

영화관을 나서는데 멀쩡하다던 그 이가
또 아프다고 한다
그이가

설산에서

내 꿈이 현실이었다면
빨간 장화 노란 모자 찢어진 비옷을 입은 우리의 여정은
남쪽으로 향하는 비행기 날개 위에서 시작되었을 거야

우리는 언젠가 있었는지 없었는지 알지 못하는 때에 우
산을 잃어버렸고
잃어버린 우산을 찾으려고 울고 울고 또 웃었고
울음소리가 남들에게 혐오감을 준다는 이유로 우린 좌석
에서 쫓겨났어

극장표를 들고 잠들었던 좌석이 깨어날 무렵
오래된 손거울들도 기지개를 켰고
우리의 잃어버린 우산도 마운틴 쿡의 만년설 사이에서
아침을 맞았지
빨간 날개 노란 주둥이 찢어진 가슴들 저마다의 보폭으
로 날아오르고
운무 피어나는 히말라야 산기슭에서 우리는 맘껏 웃을
수 있었고
만 년 묵은 얼음 앞에서는 누구도 웃음과 울음을 구별하
지 않았어

>
어쩌면 여행의 시작은 60년 전으로 거슬러 올라갔을지

그동안 나는 너무 많은 우산을 잃어버렸지, 버렸지
우산을 찾는 과정은 영상으로 만들어져야 하지만
우리들의 빈 가슴은 너무 넓어서
세상을 한 뼘씩 잘라서 유방에 채워 넣는 일은 힘겨웠어
한 조각의 시간이 떼어질 때마다 한 번의 웃음을 토했던가

거꾸로 돈은 날개로 정상에 올라 잠시 졸았던 꿈에서
하늘로 흐르는 빙하가 우리를 삼켜 버렸어
잃어버렸던, 버렸던 우산은 다시 한번 만년설로 들어가
야 했고
나는 영영 돌아오는 비행기표를 찾지 못했어

여행이 어땠느냐고?
생각나는 건 그저 지워진 열흘간의 시간뿐이야
내가 여행을 다녀왔다고 너는 말하는데 나는 잠시 졸았
던 기억뿐

내게 너를 말하라고 하면, 나는 몰라 잊어버렸어, 버렸어

설탕이 필요해

성에 가득한 12월의 아침
아내가 곰삭은 김치를 꺼내 찌개를 끓인다

이른 부엌에 칼춤이 펼쳐지면
도마 위 골짜기마다 붉은 시간이 고이고
돼지의 아침과 내 지난밤이 살아난다
김치를 토막 내는 아내의 성난 팔뚝에서
차려지는 식탁 위 하루의 시간표

깨어질 머리통 부여잡은 나와, 돼지는
이불 속 팔 한쪽 끌어와 머리에 괴고
앞다리를 모은 채 엎드려져 있어야 제격이다

두런두런 도마 소리
참참참 대파 양파 청양고추 더해진 식욕은
다진 마늘 한 숟갈로 냄비에 던져진다 아내가
주인 잃은 구두짝을 1004호 엘리베이터 앞에서 찾아와
찌개에 넣을지 내 입에 구겨 넣을지 알 수는 없다
한 꼬집의 설탕을 김치찌개에 넣는 걸로 나는
아내에게 저항한다 구미와 상관없이

>
이내 입을 닦아도 입맛이 없을
김치찌개 속으로 달려드는 구부러진 숟가락

달력 속 남은 숫자들도 붉고 매울 것이다

STOP, 내일의 일기

카페에서 카페 라테를 들고 나오다 주차장 스토퍼에 발을 헛딛고 넘어졌어.

딛는 땅과의 불화는 늘 발등의 불. 실하지 못한 발과 고르지 않은 땅에 타협하지 않은 시간의 틈서리가 있었다. 말하자면 앞선 생각과 뒤늦은 마음이 장애물을 채 넘지 못한 것. 놓여야 할 자리에 놓이지 못한 발과 공간과의 엇갈림은 예견된 일이었고 충돌한 두 발은 공중을 바라보았다. 중력 밖으로 암탉이 홰를 넘듯 장대높이뛰기 선수가 바를 넘듯 몸이 솟구쳤다 떨어지는 현상이 얼마나 일어났을까. 코믹 영화에서 희극 담당 조연이 자빠지는 과정을 슬로모션으로 보여 주듯 그렇게 넘어지는 게 아니었나.

왼쪽 발에 걸려 오른쪽 발목이 부러지는 게 인생 아니었나.

구두는 뒷굽이 떨어져 덜렁거릴 때 임무가 편해지겠구나. 오늘따라 폭 좁은 스커트에 사만 원씩이나 주고 산 고탄력 스타킹을 왜 신고 나왔을까. 깨진 무릎에서 새어 나온 핏물이 찢겨 나간 스타킹을 뚫고 방울방울 스며 나오고 있겠구나. 얼굴은 안 돼! 하는 외마디에 얼굴을 옆으로 돌린 걸 순발력이라고 치면 스스로에겐 칭찬받을 만하지. 시멘트 바닥에 쓸려 피범벅된 옆얼굴의 어느쯤에 안경알이 일몰을 바라보고 있을 거야. 흙먼지 바른 뺨은 붉은 살 생선 껍질을 벗긴 모습일 거야. 감각 없는 두 손목은 있지 않아야 할 곳에 붙어 있을 테고, 몸은 깁스에 의해 다시 조립되는 신세가 되겠구나. 간병은 누가 해 주나. 몇 달은 병원이 하숙집이 되겠네. 아름다운 건 실비 보험이니 우리나라 만세.

누군가가 가져온 일회용 반창고를 한 손에 들고,
장미 꽃잎 한 장 얹힌 듯 발그스레해진 왼쪽 이마에 소독약이 닿는 모습이 손거울에 비친다.

네 어제와 내 오늘의 엇갈림도 이 순간 안에 있었던 걸까.

이건, 내일의 일기
오른발 뒤꿈치에서 왼쪽 이마 사이 어느 공간에서 상대성이론이 펼쳐진

입 없는 자들의 도시

놀이터에 마스크 안 쓴 아이가 끼어든다
너 누구야? 왜 입이 보여? 아웃!
아이가 입을 손으로 가리고 왔던 길로 뛰어간다
마스크 쓴 아이들도 입을 가리고 뒤로 돌아선다

사람들은 자기만의 방에서 매일 희미해져 가는
자기의 입을 확인한다

눈으로 말해요 눈으로만 말해요
눈에서 말이 튀어나오는 법을 익히는 아빠들
입이 있던 흔적을 그림으로 그려 보는 엄마들
사람 탈을 쓴 바이러스가 옆집에 살고 있다는 소문들

정치인 A가 입을 만들어 붙인 사진을 SNS에 올렸다가 조리돌림을 당한다
연예인 B는 입이 그려진 얼굴로 "잠깐 벗었어요"라고 구차하게 말한다
그들만의 세상에서는 가상의 입을 팔고 있다
입이 없어서 변명을 안 해도 되는 사람들이 넘친다

\>

입 없는 자들의 도시에서
입 있는 너,
아웃!

밤마다 거울 속에 입을 그려 넣은
자꾸 입을 그려 보는
말하는 연습을 하는
너
아웃!

꽃집 앞 살화殺花 사건에 대한 보고서

미스 킴과 미스킴라일락의 차이를 알고 있니?

미스킴라일락이 흩어진 손가락을 모아 옆에 누워 있는 꽃들을 가리킨다. 그 손끝에 마지막 숨 한 잎이 가늘게 붙어 있다. 미스 킴은 지금 바퀴 밑에 깔려 피를 토하며 죽어 가고, 차는 짐짓 꽃밭에 옆구리를 대고 누워 있게 되는데, 이 상황에서 쓰러진 꽃이 앙증맞아 보이면 안 된다.

바퀴의 주인은 뒷바퀴에 치었으니 과실치상이라고 주장한다. 어차피 증거인멸은 힘들게 됐다. 이미 저들이 흘린 피 냄새가 허공을 맴돌고, 길바닥에 방치된 미스 킴이 하늘을 베고 누운 건 10분 전의 일이었으나 지난 생에 일어난 일일 수도 있겠다고 목격되지 않은 목격자가 증언한다.

생명이 거두어질 때 색과 향이 진해지는 것은 왜일까.

엄마 입술은 왜 보라색이야? 우리 미스 킴 입술은 원래부터 보랏빛이란다. 여보 원래 보랏빛 입술은 없어요 키워야 할 열 개의 꽃나무 밑에서는 비명도 안 나와요. 엄마의 다식판에서 쑥부쟁이 꽃들이 톡톡 떨어진다. 해진 손이 꽃

잎 하나 내 입으로 들이민다. 해는 아직도 붉은데 미스 킴
의 입술에선 그러나, 밥은 먹…… 이 마지막으로 흐른 꽃잎
이었다. 우리들은 증거인멸을 위해 사흘 밤낮 밥을 먹었다.

　어쨌거나 미스 킴과 라일락은 아직도 예쁘다.

제2부

홍시가 있는 식탁의 정물화

침실 불빛이 반으로 줄었다
정물의 밝기가 옅어지니
밝은 곳 뒤에 숨죽이던 어둠이 보인다

들어오는 길에 홍시 몇 개만 사 오세요

꼭 홍시가 먹고 싶은 건 아니었다
실은, 들어오는 길에 붉은빛 전구를 사 오세요
하고 싶었다. 그러나 나는 수줍었다

흘러내릴 듯 걸쳐 있는 식탁보 위에
반쯤 붉은 사과가, 곧 쏟아질 듯 아슬하게 놓여 있는
그런 그림을 어디서 보았더라

어디서 보았더라 우리 만난 적 있지요
그런 말은 한 사람에게만 유효한 거였다

침실 불빛이 반으로 줄어든 집의
홍시가 있는 푸른 식탁의 정물
어둠이 숨어 있는

모던 타임즈

때가 어느 때라고
저런 게 아직도 남아 있네
양수리 공용 터미널 귀퉁이 후미진 골목에
눈 씻고 보려고나 해야 보이는
기름집이 아니래도 기름집
네 것 내 것 폭폭 절여 놓은 구질하고 고소한
백 년 묵은 기름때가 담쟁이넝쿨로 스멀스멀
'용씨네 기름집' 간판 타고 오르는

부여잡고 씨름해야 두어 번 앙탈 끝에 짐짓 열리는
아낙들의 지문이 용천 마루까지 덕지 쌓인 미닫이 유리
문 너머
저 안의 세상이 조도를 바꿀 때
등 굽은 할미들 툇마루 걸터앉아 구수한 입담 보이는

너무 뻑뻑했던 거야
쥐어짜야 하는 줄로만 알았던 삶을
깻묵 뭉치 쌓아 놓은 의자 끝에 밀어 앉히고
주인 내외 손발은 찰리 채플린

>

착유기채유기솥단지탈피기와 한 몸 된 부부의 모던 타임에
쪽마루 귀퉁이에 기대앉아 할매들과 치던 농지거리도 심심해
백 년 묵은 기계에 주인 자리 내주고
양지바른 뒷산에 분점 내어 옮겨 앉은 할매

세월이여 밥이라도 먹고 가게
옆자리 기름걸레로 한번 닦아 주련
백 년 기름에 문드러진 손금으로 약손아 약손아
깨 단지 이고 온 단골 아지매 저린 다리 조물조물
석양 물러간 쪽마루 한켠 내어 주겠네

두물머리에서

산책 갈까요 강가로. 왜 손이 차가운가요. 땅거미가 손 잡아 볼 용기를 줄까요. 갈대밭에서 놀던 하루살이들이 앞 서거니 뒤서거니 따라오며 소문을 퍼뜨리면 어쩌죠. 어깨 에 묻은 풀씨 하나 떼어 줘도 되겠지요. 흔들리는 눈동자 를 눈치채게 하면 안 돼요. 물안개 그림자 일렁이는 소리 에 어깨는 왜 움츠리나요. 물 장단 이중주도 들키면 부끄 러울까요.

하늘을 향해 물음표를 그리고 있는 갈대들.

하루가 산 너머에 물러앉을 시간이 되면, 발걸음은 뒤뚱 거려 높은 구두 뒷굽이 자꾸 먼저 나오려 하겠죠. 벤치라도 보이면 피곤한 발이 구두를 벗어나 잠깐 앉아 보는 기술을 부려 줄까요. 절벽 같은 등에 노을이 앉아 있네요. 노을을 보는 척 당신의 얼굴을 훔쳐볼 거예요.

옆 사람만 보이는 개와 늑대의 시간

손가락 걸음으로 두 뼘만큼 옆으로 다가갈 용기를 내겠 어요. 미소를 조각달만큼만 보여 줄 거예요. 한 뼘 물러나 지 않는다면, 피곤한 해가 어둠을 풀어 놓겠죠. 나른한 내

얼굴도 따라서 일렁이고.

  석룻빛, 그 눈 속에 스미면

  벤치에는 우리만 있고.

전복을 찾아서

보길도 외진 모텔 방
누군가를 품었던 이불 한 채가 폐선처럼 쓰러져 있다
찌걱대는 침대 귀퉁이에 나는 노곤한 빨랫감으로 눕는다
안주머니에서 윤선도가 찔러 넣은 화대가 짤랑거린다
여기선 개도 물고 다닌다는 전복이
안줏거리로 접시에서 미끄럼을 타고
구멍가게에서 들고 온 캔 맥주가 식기 전이다

창밖에 바다를 보는 사람들이 있고
순렛길에 나선 아이들의 휴대폰에서
기어 나오는 어부사시사 한 토막

배 띄워라 배 띄워라
찌거덩 지거덩 어여차

바다는 보여 줄 게 없다고
검은 속을 닫아걸었고
나는 들려줄 노래가 없다
땅과 땅 사이에 보길도가 있고
물과 물 사이에 내가 있다

내 안엔 쓰고 남은 동전처럼 전복 껍데기처럼
지나쳐 온 군상들이 널브러져 있다
이런 날

동이 트면 바닷새들이 날아올라
또다시 오늘치 유머를 만들어 뿌리는
전복顚覆의 시간들

형의 이력서

식구 중에 손을 제일 자주 씻는 사람은 형이었다
못난 놈, 그렇게 얘기했건만 손을 못 씻다니
수돗가에 손 씻는 형의 뒷모습은 보이는데
그때 아버지는 분명 시력이 나빴을 거야

손을 자주 씻으세요. 손가락 손날 손등 손톱 사이까지
침대에 누워만 있는 아버지에게
손 씻는 법을 가르친다
떨리는 손바닥을 마주하고 씻는 시늉을 하는 아버지는
형을 문밖에 세워 놓고도 알아본다

그립던 것들을 만지고 들어온 날
형의 손에서는 복숭아 향이 났다

틀린 것을 만지고 난 다음에는 손을 씻어라
붉은 물든 형의 손바닥을 아버지의 손이 쓱쓱 문질러 준다
손바닥이 붉은 건 아버지 탓이 아니지만, 그건 또 비겁했다

형은 내 손금에서 자주 물을 퍼낸다

아버지가 잠든 형의 손에서 붉은 물을 가져갔듯

누구나 손금 안에는 물이 흐른다

늦게 발견한 나의 아궁이

인적 드문 시골길
나이 많은 차가 무작정 싣고 달리는 무게는 여전히 낯선
내 몸

낯선 동네를 스쳐 지나 낯설지 않은 동네를 만난다
여기저기 안 쓰는 집은 있고 동네는 없는 벌판에
버려진 집들이 들꽃을 피우고
탁본 같은 빈집의 부엌 하나를 준다
누군가를 덥혀 주던 아궁이가 재투성이인 채로 집채만 한
솥단지를 이고 있다

빈방엔 이젠 어떤 축복도 없는 것 같다
찬물 같은 방에도 보름달은 들어 있어
몇 개의 베개가 필요했을까 두 개의 방에는
옛사람들이 돌아가 사는 세상은 어떤 곳일까

낯선 폐허에 기대면 낯익은 생각이 이어지고
뜬금없이 이 집에 살아 보고 싶다는 생각을 왜 하고 있을까
부엌의 솥단지에 뜨거운 물을 끓이며 살고 싶어

>

꿈같은 장면 하나. 아니 폐허에 기댄 잠깐의 낮잠 하나

결혼 전날 밤, 미성년을 끄적이던 낙서들을 모두어 아궁
이에 태우던 생각

한여름에 방이 데워지도록 불쏘시개를 넣던 마음은

제 몸에 난 찔레 덤불을 태우고 싶던 진땀 방울들이었나

저 부엌을 내가 써도 되느냐고 들꽃 들풀에게니 물어볼까

괜찮으시다면

그때 태워 버린 25년의 재를 다시 들춰 볼 수 있을까요

이제 뜨거운 여름이 시작되고 이 여름의 행갈이로

나의 하루가 아궁이에서 피어나면

어떤 기억법

거울 앞에서 화장을 하고 있었는데,

어떤 세상이 펼쳐졌다 접혔을 텐데, 마음은
이미 떨어져 비에 밟힌 목련꽃 무덤처럼 질척합니다.

입술에 바르는 물건이 분명할 텐데.
오른손에 들려 있는 붉은 루주가
왼쪽 눈두덩이에 판다의 그것처럼 그려진
올해의 막바지 그림이 곱기도 합니다.
이곳이 거울 안인지 밖인지
친절하게 설명을 해야 할 일이
내가 살던 시간에서 이루어졌던가요.

가족사진처럼 서 있습니다
눈처럼 하얀 남편의 늙은 얼굴과
입술이 파란 젊은 남자와 빨간 콧등의 여자가
어둡고 캄캄한 거울 속에.

내 왼쪽 손가락을 쥐고 있는 작은 아이는
남편의 성을 같이 쓰는 싱거운 아이인 걸 압니다.

>

지금 서 있는 여기가 거울 밖의 세상인 건 맞겠지요.

세수를 다시 하고 공들여 화장을 고치며
어떤 기억에게 살살 타일러 봅니다.
아서라 아서라 아무리 정신 줄 놓아도
남이 쓰던 마음 빌려 오진 말아야지.

거울 안에 계속 있어야 할까요, 거울 밖으로 나가야 할까요.
꽃이 다 지기 전에 남편이 기다리는 목련 아래로
어서 가려면

다른 세상의 목련나무에는 아직
땅으로 돌아간 꽃보다 나무를 붙잡은 꽃이 많습니다.

횡재한 날

녹아내린 아스팔트가 노인의 쓰레빠 뒤축을 부여잡고
한바탕 씨름을 한다
누가 보면 황소라도 한 마리 끌고 가는 기세다
아랑곳없는 질주 본능이 노인의 유모차를
질펀한 타마구밭에서 건져 올린다
쉬이익,
쇳소리는 찢어진 목에서 새는 소리
이빨을 놓쳐 버린 입이 남아 있는 혀를 내흔든다
더 뜨거운 땀이 덜 뜨거운 도로 위를 달린다

고물상 저울을 꾸욱 밟고 선 마음이
미처 따라오지 못한 발뒤축을 타박한다

골판지 몇 장에도 두 몸이 뒤섞여 비틀어지던
노인과 유모차는
제 몸보다 더 녹슨 철조망 서너 덩이에
긴 하루를 내어 주고
비로소 등을 맞대고 지상에 앉아 보는
그림자 길어진 복날 오후

장마 무렵

비맞이로 해 먹은 해물장떡이
배 속에서 천둥 번개를 부리던 간밤
집주인과 나이가 같은 뒤꼍 박달나무도
비바람에 부대껴 소화불량 걸린 나뭇잎을
밤새 토해 냈다

몸에서 나간 나뭇잎들을 내려다보고 또
한바탕 진저리를 치는 박달나무와
나무 밑동 부여잡고
간밤에 먹은 장떡을 내어 보이며
세상 날아가게 앓는 소리를 내던 집주인은
아침부터 장독대 옆에 자리를 깔고 누웠다

나무는 헐거워진 가지 힘겹게 들어
주인 이마에 그늘 만들고
허한 속 달래 가며
까칠한 손 더 까칠해진 나뭇등걸이
툭툭 두드려 주는

친구끼리는 몸살 중

연극이 끝난 후

언제 적 친구가 연극배우인데
모노드라마를 한다고 소식 한 장 보내왔다

배우는 사는 것도 연극 같아서
처음 만난 그때부터 아비가 용왕이라고 우기는 그를
나는 미친놈이라고 불렀는데

모노드라마가 끝난 후
대기실로 화분 하나를 앞세워 갔다
배우는 세월의 옆길로 가는 직업인지
언제 적 그대로의 우물에 잠겨 한가로운 그의 맨발

배우가 토해 내는 담배 연기 사이로
마스카라 한쪽이 떨어져 덜렁거리고
피에로처럼 뭉개진 눈이 멍때리고 나를 본다
배우의 겨드랑이에서 지느러미가 나와
서툰 마음을 애써 밀어낸다
아직 드라마 안 끝났음을 알리는 눈의 꼬리는 잠수 중

지금은 3막 6장을 공연 중이야

이 6장이 내겐 제일 익숙한 몸짓이지
친구의 입 속에서 채 내뱉지 못한 물고기들이 튀어나온다
담배가 끼워져 있는 손가락이 부들부들 춤추고
바닷물 몇 방울이 붉은 발등 위로 떨어진다
나는 가져간 화분으로 휘휘 연기를 희롱하다가
그냥 가지고 나온다

공연이 끝나면
그는 다시 용궁으로 돌아갈 것이다
아직 뭍으로 돌아오지 않은 아비를 만나러

뒷장에 적다
—개심사

햇살 푸석하게 떠다니는 오전 10시
먼지의 무게조차 버거운
책꽂이 귀퉁이에 웅크리고 누워 있는 늙은 시들의 집
손을 잡으니 끄응 몸을 일으켜 먼지를 툭툭 털고
기지개를 켜는 척, 가슴에서 마음 한 장 툭 내어놓는다

바다를 배경으로 한껏 몸을 꼬고 앉아 있던 내가
수십 년 전의 어느 날을 영사기로 돌려 보인다
바다의 맞은편엔 허물어지지 않으려 용쓰는 일주문이 있었지
독자들을 끌고 다니던 역사 학자는 시절의 스타였는데
심검당 기둥이 휜 이유를 왜 내게 물어봤는지

마음의 분칠도 잘 먹어 들던 나이
한껏 부푼 눈길이 바라보는 쪽은 벚꽃 흐드러져
순간을 간직하던 얼굴 홀로그램으로 일렁인다
서넛의 나들이가 들어 있는 꽃향기가 걸어 나오고
갈피와 갈피 사이에 스민 바람 냄새를 들여다보는 주인공들

겹벚꽃에 봄을 접어 넣었던 마음이
책 뒷장에 적어 놓은

"다녀감, 어떤 4월 20일의 하얀 6시에"
그건, 언제 적 을지로 생맥주집 시간 위에 그려 놓았던
"설익은 마음 다녀감, 어떤 4월 20일의 하얀 6시"

서로가 흰빛이었던 시절
사진의 뒷장에 고여 있던 바람이
먼지 앉은 책장에서 마음을 열고 나오는

밤손님

슬램덩크의 주인공처럼 덩크슛을 잘해서
풀 네임이 강백호인 호야는
8년째 액자 속에 들어앉아
현관을 지키고만 있다
마땅히 할 일을 잊은 채

태풍이 지나던 밤
누군가 비바람을 등에 업고
대문을 흔들고
벨을 눌렀는데도
열어 줄 생각 없는 호야
눈만 동그랗게 뜨고
액자에서 나올 생각 않고

나는 대체로
그의 말을 듣는 편이라서
가슴만 동동거리고
뜬눈으로 밤을 밝혔는데

아침에 현관을 열어 보니

살 두 개 부러진 우산
바람에 기대 서 있다
물에 흠뻑 젖은 채

넌 이름이 뭐니

옥희예요
처음 간 트레킹 동호회에서
회장님이 묻길래 대답했지요
뒤따라오던 부회장님
옥희도 이름은 좋은데 닉으로 말씀하세요
앞으로 스쳐 지나가던 총무님
오키도라…… 기억하기 좋습니다
간식 시간에 경기 남부 지부 수석 반장이
이름표를 가져다 목에 달아 주었어요
노란 해바라기 안에 진한 궁서체의 낯선 이름
'오키도라'

둘레길 걷는 회원들의 안개 같은 발 먼지
강아지처럼 웃으며 앞선 가방만 바라보며 걷는 해바라기들

넌 이름이 뭐니?
산책길에 옆 동네 아줌마가 지나가던 아이에게 물었어요
옥희라고 대답해야 할까 오키도라라고 대답해야 할까

>
대답 없이 뛰어가는 밤길 같은 아이

이름표도 없이, 넌 누구니

헛바늘

바늘이 돋았다
밤새 여기저기를 마구 찔러 댄다

아침에 일어나 보니 삐져나온 바늘들 머리맡에 수북하다
녹슨 바늘 하나가 튀어 올라 내 입을 꿰매 버린다
꿰매진 입으론 아무 말도 할 수가 없어
출구가 막힌 바늘들이 몸속을 쏘며 다닌다

내 몸엔 자객의 흉기가 가득하다

혀에서 밤새 벼려진 무기들
깊숙이 꽂힌 장침 하나를 뽑아
형체 없는 이의 가슴을 향해 쏜다
피 한 점이 날아간다
날 선 이가 짊어진 방패에서 빛 없는 빛이 나와 눈을 멀
게 한다
서로가 승자라고 우기거나 때로는
더 아프다고 엄살을 떠는 닫힌 입들

쏟아 낸 바늘을 찾으려 나는 더 많은 바늘을 벼리고

바닥에서 은유로 흔들리는 어두운 그림자 하나를 집어 든다

저녁의 진창 같은 표정이 혀끝에서 하얗게 타오를 때까지

제3부

여름밤

담장 밖으로 뻗어 나간 능소화 줄기 밑으로
누군가 자물쇠를 숨기듯 걸어 놓았다
잠금장치에 녹이 올라붙지 않은 건
잠근 이의 마음이 아직 새것이란 뜻인지
내 집 담장에 걸어 놓은 건
내 마음을 자기 마음으로 열어 보겠다는 속셈이었을지

열쇠란 숨기고 싶은 붉은 기억 꾸러미
담 밖이 궁금한 능소화 한 줄기는
열쇠의 사용 설명서를 꽃잎 뒷장에 숨기는 능청을 부리고

개구리는 찌꺽찌꺽 열쇠 푸는 소리를 낸다
꽃대 아래에 서성이던 잠이
만월처럼 잠긴 수심을 흔들어 본다

합곡 혈자리

소화가 안 되면 이 부분을 꾹꾹 눌러라
그믐달이 뜨도록

할아버지는 엄지손톱으로
엄지와 검지 사이의 계곡을 눌러 주었다

손등에 떠오른 그믐달이 저물 때쯤
또 나는 체했다

풋사랑에도 자주 체했다
그때마다
엄지와 검지 사이의 계곡엔 엽서처럼 조각달이 떴다

꽃에 취한 날도 나무에 지친 날도 비에 젖은 날도
손등에는 여러 개의 깨진 달이 뜨고 졌다

어느 해안으로 유리병 속의 연서戀書를 모두 흘리고
이제 땅과 친해진 나이에
무뎌지고 단단해진 건 손가락과 손가락 사이

>
내 두툼해진 엄지가
꾹꾹 눌러 준다
마음속 이지러진 달 하나를

손등에 뜨던 할아버지의 달은
아이의 손등으로 옮겨 앉는다

초승달이 된다

깁다

억만년 전부터 돌이었던 남자와
윤사월 초여름에
팔달산 아래 '성곽카페'에서 선을 보았지
햇살 희던 그날은 돌에서도 땀이 돋았지
팔달산 돌계단을 오르던 열 폭 치마는
진땀과 설렘에 젖어
나무 끄트머리를 부여잡았지

치마 한쪽 가져간 삼백 년 묵은 나무는
시치미 뚝 떼었고
나무에 앉아 있던 뻐꾸기 한 마리 뻐꾹뻐꾹
단내 품은 마음에 바람 한 자락 살랑 들어
붉어진 얼굴 더 붉어지고

아직도 돌이었던 남자는
팔달산 수백 계단을 대굴대굴 굴러 내려가
바늘쌈지 하나 얻어 와
찢긴 치마 깁고
터진 내 마음도 깁고
마주 잡은 손마저 기워졌지

>
억만년의 기억을
이제는 바위 속에 감추어 둔 남자와
붉은 해 푸르러질 때 성곽에 올라 보니
헌 돌 위에 새 돌이 기워진 성곽의 이끼는 지금도
첫사랑의 열병을 앓고 있는데

노을 앞에서 루주를 바르다

안면도 석양 앞에 오래된 여자가 치마를 걷고 서 있다
모래톱에 묻힌 두 다리는 노을을 향한 피뢰침

저물어 가는 해는 약지 손톱의 봉숭아 물을 지우고
지나가는 푸른 나무들이 막연한 사이인데 손가락질을 한다
미쳤군 할매 곱게 늙을 것이지
주름 파인 얼굴에 짙은 석양이 밴다
이 탈은 내 것이 아니야 본래 내 것은 저런 빛이었어
악쓰는 목울대에서 파도가 올라온다

숨겨지는 노을 앞을 헤집어 보는 손, 길

허리에 두른 치마가 바람을 타고 여자의 얼굴을 가리고
다리는 길을 잃고 석양으로 자꾸 석양으로

놀이가 끝난 여자가 옷매무새를 고친다
터진 입술이 붉은 루주를 새로 받아들인다
손가락 사이로 먼바다로 나가는 붉은 구름 다리가 놓이고
바닷속으로 들어가는 해를 자꾸 꺼내려는 손짓

늙은 파도 한 자락 거두는 석양에

붉어지는 눈꼬리

손대지 마시오

허깨비와 놀다 시계를 잃은 내가
한세상 깜빡 지난 후
어떤 때로 풀쩍 돌아가고 싶던 날이었던가
전생 체험하듯 가 본다 귀신이 살았던 기와집에

저쪽 툇마루에 은영이 앉아 있던 자리
손깍지 끼고 짝짜꿍하던 시절 귀신 집이
처마에 화장하고 혼삿날 새색시처럼 몸을 꼬고 앉아 있는데
치장해서 을씨년스러운 집은 이제는 나라가 주인이란다

기와 새로 얹었으니 문화재라고
문지방에 철삿줄 달아 놓고
반들하게 기름 먹은 대청이 방석을 이고 있다
웃음 많은 애들 놀이터였던
어떤 때의 그 집은 따뜻했었고

문화재로 승격한 귀신 집과
단장시켜 신부 대기실에 앉혀 놓은 은영은
시계 없는 시곗줄을 차고 있다

\>

와송이 빗자루처럼 자라던 기와지붕이
꽃단장한 까칠한 새것인 걸 보면
나는 아마 생을 미리 살아 버린 건 아닐까
그, 때가
그전의 생이었는지 돌아올 생인지

이제는 손댈 수 없는 철삿줄 안의 시간으로
한 발 넣어 보는

귤을 보면

봉지를 뚫고 나오는 퀴퀴하고 달착지근하고 푸석한 냄새
푸른곰팡이가 피어올라
만지면 질척한 추억만 쩌억 묻어 나오는
이미 귤이 아닌

멀리 있는 손자 주려고 숨겨 놓았던
다락에 퍼져 있던 할머니의 마음 냄새가 생각나
난 지금도 곰팡이 핀 귤을 잘 버리지 못해

말수가 점점 줄어 나이 든 어린애가 되어서도
잠들 때까지 귤을 오물거렸고
손자가 오고 나서야 눈을 감았다는
그날 아침에도
할머니 머리맡에는 귤껍질이 수북했단다

기억은 이미 박제가 되었지만
어제보다 먼 시간은 모두 그리움으로 남지
나도
너를

>

달콤하고 구수하고 뭉클한

되돌아가서 한번 푹 안겨 보고 싶은

그때, 여름

곡차 한 도꾸리 앞세워 간다
영진 스님 주억주억 졸고 있는 암자 툇마루로
꺼먼 구름 절집 하늘로 모여들면

빗방울 내리는 소리
후박나무에 올라앉은 삼백의 소년병이
작은북을 두드려 댄다 도롱동동
도로롱동동

맨발의 스님은 비 사이를 날고
펄럭이는 소맷자락
흥에 겨운 가락 위에 법구경 한 구절
권주가로 올라앉는다

봄을 들키다

밤의 뒤에 숨기에는
터뜨리고 싶은 향기가 진한 꽃들의 아침
창문을 열어 세상의 미세 먼지까지 맞아들이고
이른 마음이 열 길 아래 꽃밭으로 달려 나간다

떨어진 봄들이 가는 곳이 궁금해
어쩌면 땅속으로 길이 있을지 몰라
심증만 있는, 아지랑이로 속임수를 쓰는

꽃샘바람이 스쳐 간 곳은 계절의 내비게이션이 교란되고
땅속으로 미처 못 들어간 계절
반쯤 하늘로 내놓은 뒤태가 부끄러운

질척이며 발뒤축 부여잡는 마지막 사랑처럼
움켜쥐면 끈적임만 남는 솜사탕 같은
으깨진 꽃잎
갈 길 서두르는 소리

어쩌면 봄 설거지 소리, 요란한 아침

뿌리

그런 날이 있지
잘 넘어 다니던 돌부리가 그날따라 발끝에 걷어채는

하늘이 먹장구름을 모자처럼 쓴 날
땅속에 몸을 감추고 있던 부리가 달려들어
샌들 속 엄지발가락을 찍었다
어느 날 우연히 발견한
등에 있는 점같이 낯선 일이었다

돌이 뿌리를 단단히 두고 있을 때만 부리일 수 있는데
그냥 운이 나쁜 날로 치자면
쉽게 뽑혀 버린 부리의 뒤에는 검은 터널이 있어
무릎으로 전해진 통증은 쇠구슬처럼 다리를 타고 다니는데

이제 꽃잎 향으로 닫아 볼 수 없는 시간들이 줄 서고
이름 붙여지지 않은 별 몇 개가 블랙홀로 들어가고 있다
그런 날은 많다
하필 정수리가 땅 위로 내려온 날

돌부리에 차인 하루를 시장바구니에 담아 돌아온 곳에

뿌리를 하늘로 하고 뒤집어진 소파에 누워 있다
막 터널을 통과한 잿빛 성성한 부리가

내 발부리에는 뿌리가 없어
쉽게 뒤집어지는 하루들

성묘

다리는 좀 어뗘셔
허리 좀 펴 봐 주물러 줄게
안 하던 짓 한다고 코에서 찬바람 날리는

나무하던 자리 들꽃 피던 그 자리
남에게 뺏길세라
난생처음 부려 본 쇠고집

딸 가져온 자리라고 당신 집 짓고
죽어도 안 내놓는 욕심쟁이

들꽃이 그럴듯해 가져다 마당에 심었더니
열 달 후 고명딸이 나오더라고
태몽도 꾸며 대는 구라쟁이 아버지

아버지
아버지
아부지이이이

거기는 어때?

가위

잠이 오지 않아요 엄마. 얘야 가위 그림을 그려라. 머리 맡에 두고 자면 생각을 잘라 버린단다. 아흔아홉 개를 그 릴까요. 졸릴 때까지 그려라. 잠들려다 잠들려다 잠이 들 면 머리 긴 남자가 머리맡에 놓인 가위를 빌려 달라고 서 있 다. 머리맡에 있는 건 가위가 아니라 가위 그림이에요. 지 우려고 지우려고 지우개를 들면 지우개가 손을 지운다. 가 위 집을 그려야 가위 그림을 지울 수 있단다 얘야. 엄마, 손 이 자꾸 지워져요.

머리 긴 남자는 그새 머리가 한 뼘 더 길었다. 남자가 잡 고 있는 가위는 그림 가위이다. 가위 그림 든 남자가 제 머 리 대신 내 머리를 자르려고 다가온다. 내 머리는 머리가 아 니라 머리 그림이에요. 그가 다가와 머리맡에서 내려다보 고 있다. 머리를 자르지 마세요. 그 가위는 그림 가위예요. 일어나려고 일어나려고 발버둥을 쳐 본다.
말 안 듣는 가위가 말을 들어요
가위바위보 남자의 검지와 중지에 가위질을 한다
가위바위보 내가 들고 있는 건 그림이에요
가위바위보 엄마 나 좀 불러 주세요 나를 깨워 주세요

그 남자와 프라이드
―1988년 늦가을

식구들이 모여 프라이드 모시고 절로 기도하러 간다 하얀색 양복 안에 흰 와이셔츠와 빨간 넥타이를 맨 남자가 운전석에 앉아 있다 빽구두만큼이나 하얀 차에는 고릿한 생선 냄새가 퍼져 새 차 냄새와 충돌했다 백미러에는 팔뚝만 한 황태가 누런 실타래에 매달려 그네를 탔다 식구들을 노려보는 황태의 검고 깊은 눈이 남자의 그것과 닮았다 엄마 오빠 동생의 구겨진 눈도 쉼 없이 좌우로 흔들렸다 흔들리는 것이 식구들의 눈인지 황태의 쩍 벌린 입인지 남자의 운전 솜씨인지는 알 수 없었다 차 문고리를 떨어질 듯 부여잡아서 손목이 얼얼할 때쯤 도착한 절 마당에는 스님이 일주문처럼 서 있었다 엄마는 준비해 간 막걸리를 차바퀴에 뿌리고 황태를 풀어 차의 앞뒤를 두드리고 다녔다 차에서 목탁 소리가 났다 늙은 고무줄처럼 이어지던 축원은 해가 지고 나서야 끝났다 황태는 하얀 차가 누렇게 될 때까지 백미러에 매달려 다녔다

나도 어설피 프라이드가 필요한 나이가 됐다 절로 축원을 받으러 가는 길은 실크가 깔린 듯 매끄러운데 수십 년 전보다 더 입을 크게 벌린 황태가 백미러에 조용히 앉아 있다 동굴 같은 그대로의 눈빛으로

무엇을 보고 있는지
차 안에는 말린 생선 냄새와 새 차 냄새
또 다른 냄새 하나가 앉아 있다

잊혀야 할

한 길을 하루처럼 가던 이가
30년을 지나 마지막 퇴근하는 저녁
한 모금의 짬뽕 국물이여
두 모금의 고함은 바짓가랑이에 매달린다
밤의 무게를 다는 어깻죽지 한쪽
세상이 거웃 한 올 같아 보여 갸웃
공연히 공원 한 바퀴 돌다 왼발이 반대 발에 딴지를 건다

어둠을 먹은 데크가 뒤꿈치를 끌어들이니
무릎이 먼저 무너져 준다
금 간 항아리처럼 주저앉은 세상은 독한 땀 냄새에 묻히고
구겨진 게 몸인 낙엽은
코트 깃 곤두세운 하루 땅거미로 내려앉고
마른 바람에 젖은 목울대가 길을 낸다

하루치 어둠은 어깨로 들 수가 없다
수풀은 질문만으로 우거지고 풀 내음
등을 타고 스미니 가렵다 시리다

구두 뒤축에서 짓이겨진 하늘

밟히다 만 날개 한쪽이 붉어

이제
하나 남은 날개는 시계 반대편으로 가는 연습을 해야 할 때

남의 얘기

　내가 살던 동네에 가가건축이라는 설계 사무실이 있었는데, 사무실 앞 작은 공터를 동화책 속 정원같이 알록달록 꾸며 놓았었는데, 거기 하얗게 칠한 바로크식 철제 벤치와 쟁반만 한 하양 탁자가 있었는데, 외출해서 돌아오는 길이나 시장을 봐서 장바구니가 좀 무거울 때 지나가다 잠시 그 하양 벤치에 앉았다 가곤 했는데, 그럴 때마다 귀 옆에 연필을 꽂고 색색깔 페인트가 잔뜩 묻은 멜빵 청바지 입은 어떤 이가 사무실 유리문을 밀고 나와, 옆에 앉아 있다가 내가 일어서면 따라 일어서서 다시 사무실로 들어가곤 했는데, 그의 검은색이 하나도 없는, 벤치처럼 흰머리는 염색인지 천연인지 한번 물어봐야지 하다가, 어느 날 나는 이사를 해서 그 동네를 떠났는데, 그의 머리는 염색이었을까 그만큼 나이가 많아서였을까,

　오른 가슴에 두 번째 심장이 있던 시절이었는데,

늙은 메리는 어떤 생각을 할까

마루에 앉은 해를 보고 짖는 늙은 메리. 한 뼘 자리를 해에게 빼앗기고 나간 공원에도 햇살들이 앉아 있고, 설 자리마다 개들의 그림자가 뛰어놀고 있다. 앞서가던 푸들이 제자리에서 뱅글뱅글 춤을 추다 뒷다리를 무용수처럼 벌리고 똥을 싼다. 흑임자 같은 푸들의 눈과 마주쳤을 때 황급히 기억의 창고를 열어 보는 메리. 뒷걸음치다 푸들의 발을 밟은 게 그가 자존심 상할 일은 아니었다. 생각한 것을 잊고 또 생삭할 때, 발이 붙어 있는 둘은 서로에게 달려들고. 지나가던 옆집 개가 제 그림자에 쫓겨 달아나는 메리를 보고 고개를 절레절레 흔든다. 번개가 대지에 스미듯 방금 전의 사건이 잊히고.

돌아온 집의 마루에는 햇살을 쫓아낸 구름들이 옹기종기 모여 검은 모의를 하고 있다. 늘 앉아 있던 소파 그 자리 낯설지 않은데, 구름 사이에 갈색 푸들의 털이 몇 개 붙어 다닌다. 이제 갈색 푸들의 이름으로 살아야 하나, 그가 누군지 미처 알아내지 못했는데 그렇게 낯설게 나를 부르면 누구에게 물어야 하나, 그 이름이 본래 내 것이었는지 갈색 푸들의 것인지.
그림자를 먹어 치운 어둠은 낮의 시간을 기억해 내지 못하고.

제4부

사랑은 불면 안 돼요

예보에 없던 장대비가 솨ㄹㄹㄹㄹ 쏟아붓는 저녁
장대 울타리 밑에서 까치발 키스하던 애인
비도 오는데 ㄹㄹㄹㄹㄹ라면 먹고 갈래요

느닷없는 비에 등 터진 개구리들 개골ㄹㄹㄹㄹ
둑은 갈라지고 논길은 넘치고 올챙이들 떠내려가는데
라면은 너구리가 맛있죠
뽀글뽀글 끓어 넘치는 양은 냄비
꼬들하게 꼬이는 장딴지
불 끄고 생파 몇 쪽 휘리릭 뿌려 한 젓가락 면치기 하면
콧바람 흘러넘쳐 라면 국물은 요동치고

느닷없는 장대비에 개구리 처울던 날
라면 먹고 갈래요 라면만 먹으라니깐요
엎어진 라면 냄비에 빗소리는 끓어 넘치고
우리 아담과 이브 세상 처음
ㄹㄹㄹㄹ 행복했던 날

비를 비유하는 말

비유로만 말하다 죽고 싶다는 말을 어느 시인이 했는지

소나기가 내렸고
카페에는 비 맞은 우산들이 줄을 서서 커피를 주문한다
커피 잔 속에 고여 있는 시간은 온도를 맞추지 못하고
늘
허공에 뿌리를 둔
카페의 시간은 가볍게 흘러내린다

빈 커피 잔 속에는
의미 없는 기호들만 앉아 있어

뒷덜미에 철근이 심어질 때쯤
낯익은 우산이 낯선 비를 접으며 다가선다
까치집을 지은 머리가 고개를 든다
한 가닥 초침이 손가락 밑에서 기지개를 켠다

우산은 선 채로 테이블만 두드리다
갈 길 바쁜 비를 핑계로 서둘러 거리로 나가고
카페에 웅성이던 백색 소음들이 숨을 죽이는 순간

멈춘 소음들 사이에 빗방울만 동동 떠다닌다

비를 뚫고 왔다는 말 비 사이를 달려왔다는 말은
비가 서 있다는 상상 안에서 이루어지는 말
줄기이지만 방울이기도 한

카페를 나서자 다시 내리는
비는
항상 느닷없고

이미 살 부러진 우산인 줄 알며
자꾸 비를 담아 두려는 마음이
왜 안 멈추는지

참으로 시니컬한

시들이 주옥 같다고 입에 발린 얘기를 뿜어내는 입에 십
자 뜨기를 하고 싶었어
　백화점 주얼리 코너에서 시를 주워 담았지요 호호 농담도
시인처럼 하시네요 호호

　호호 입김 뿜어내어 자신을 가리려는 속셈

　세 번째 시집을 낸 시인과 밥을 먹고 들어온 날
　고양이가 주인공인 유튜브를 새벽 세 시까지 본다
　원래 고양이는 질투가 많다는데 화면 속에는
　개와 같은

　시인이 건네준 책날개에는
　가장 시니컬한 채로 내 이름이 그려져 있다
　날개에 이름을 그리는 이유는 궁금해하지 말기

　세 달째 시 한 편 못 만들어 낸 나는
　고양이 동영상 사이로 옆눈을 뜨고 시를 읽어 본다
　고양이도 눈치채지 못하게

\>

주렁주렁 예쁘게 박혀 있는 시어들은 눈을 뜰 수가 없다
브로치로 만들고 목걸이로 만들고 반지로 만들고 싶어진다
그 이미테이션들

눈에 핏대가 서고 눈물이 나는 이유는 잠이 부족해서다
질투는 내 몫이 아니다
어쩌면 영상으로 본 길고양이의 생이 안쓰러워서다

분명 주옥 같을 내 시집에
나비처럼 날아오를 사인 연습을 해 보느라
밤이 하얘지고

치통과 밤의 역학 관계

조간신문이 현관 밖에 던져지는 소리
밤새 모두들 안녕하신지
구겨진 베개와 뒤집힌 이불을 개어 두고
모닝 벨에 올라앉아 바뀐 자리가 있나 살펴본다

깨진 표정은 달아난 이빨들이 두고 간 마음이겠지
치통과 놀다 돌아온 아침도 해가 뜨고
나는 내려다보는 빛살로 커튼을 연다
쌀알같이 흩뿌려진 대기를 들이쉬고 있으면
실내화 옆에서 부서진 충치들이 햇빛에 등을 보이거나
창밖으로 몸을 던지거나

내 신경들은 산 이빨과 죽은 이빨을 구분하고
이제는 쉬어야 할 시간
달리*의 콧수염에 달려 밤을 늘여 놓은 시계는
정돈된 침대에 올라앉아 졸음을 준비하고
피곤한 벽에 하품 흉내를 그려 넣는다

하루를 조금만 더 살아 볼까
어제보다 길어진 시간만큼

벌어지는 어금니의 자존심

서랍 여닫는 소리만 부산한 해독제의 아침

* 달리: 살바도르 달리. 20세기 초현실주의 화가.

도돌이표

공황장애입니다제프람정과리보트릴을자기전두알씩드
세요약이싫으시다구요 그러면 이 상담은 이어지지 않습니
다 이런 제기랄 나는 살려 달라고 왔다고요 그러면 약을 먹
어야 합니다 약을 먹었는데 배가 아팠어요 어지러워서 길에
서 쓰려졌지요. 머리를 다쳐서 항생제를 먹었어요 항생제
부작용으로 편두통도 생겼네요 뒷목을 잡고 휘청거리고 다
녔다구요 불안했어요 진정제를 먹으니 걸으며 꿈을 꾸었지
요 꿈과 깸이 구분이 안 됐어요 구색 맞춰 처방전을 써 주
던 내과 선생님이 정신의학과 진료 의뢰서를 써 주었지요

정신건강의학과 대기실에는 의자마다 하늘에 매달린 눈
동자들이 앉아 있었다

몸에도 오고 맘에도 올 수 있는
그냥 그런 겁니다
일테면 교통사고처럼 갑자기 들이닥친
일테면 교통사고로 다친 것 같은 거
약을 먹어야 합니다

약 때문에 배가 아팠어요. 약을 먹으니 어지러워서 또 약

을 먹었는데……

이런, 제기랄 나는 살려 달라고 왔다고요……

병원에서 튕겨져 나온 그림자가

약국 모퉁이를 돌다 뒤뚱거리던 자동차를 껴안는다

하나님을 만나기가 이렇게 쉬운 걸

자동차의 나머지 바퀴가 된 그림자는

바퀴와 함께 굴러가며

오랜만에 번듯한 생각을 해 본다

거리에 어울리는 풍경 속에 들어가게 되어서 좋은 일을

했다는 생각도 한다

더 이상 약을 먹지 않아도 돼서 마음이 편하다는

먹은약때문에배가아팠고약을먹으니어지럽고또약을먹

고……

이런 제기랄……

오늘을 전시하자면

밤새 아픈 곳이 하나 더 생겼다 병원에 가야 하나 난간에 매달려야 하나.

사이렌을 부르자, 앰뷸런스가 몸만 싣고 달리고 달리고…… 그렇게 빨리 달리면 심심한 마음이 못 따라갈 수도 있어요. 이건 협박이 아니에요. 그럼 먼저 마음을 '카페 사이렌'에 입원시키셔야 합니다. 손님 처방전을 전시해 주세요. 심심한 카페에 얼핏 나를 전시해 보자. 큐!

하늘이 손님 몇을 쫓고 들어앉은 창가에 햇살과 합석해 볼까. 카페 라테와 허니 브레드를 주문할 메뉴판을 살펴보자. 이만큼 오래 살아 찢긴 책갈피로 삐져나온 오늘이, 빈소 같은 머리 한 귀퉁이 열어 낡은 시 한 편을 들어낸다.

그림이 쫓겨난 액자에 하루치 햇살 찾아든 작품 하나
검은 파도 물러난 자리에 흰 포말 밀려온 찻잔 속.

낡은 책갈피로는 시를 읽어 낼 수 없다던 왼손은 커피 잔과 찜 쪄 먹는 사이. 아, 언제부터 너희가…… 그러니까……

>

　사랑에 헤픈 카페 라테에는 금방 사라질 몇 개의 하트가 매달려 있다, 물론 전시 중이다. 조명이 만든 햇살에 주머니를 달아 깊게 깁고, 허니와 브레드가 진한 입맞춤을 하는 사이, 내가 버린 몇 조각의 시간이 걸려 있던 벽은 리모델링 중이다. 포크로 정성 들여 빵을 찍으며 그림 한 점 정도는 커피콩으로 대체해도 되겠다는 생각. 또 하나의 작품 완성.

　전시장의 액자는 그러나 비어 있다. 큐레이터가 사기꾼인 건 모두 아는 분위기. 그림의 제목이 허! 라잖아, 허허……

　왁자지껄해서 오늘도 심심한 카페에 심심해서 해진 하루를 전시하자.

　오늘의 놀이를.

병원엔 신들이 산다

혈압이 180을 찍은 뒤 내리지 않을 것 같다
불안을 이기지 못한 하늘이 무너지면
세상은 빗줄기로 길어져 거리마다 물이 흐르고
오늘의 날씨와 내 이야기는 이렇게 일치하는지

우산을 받쳐 들고 달려간 병원은
다행히 물받이가 마련돼 있다

빛을 훔친 짐승이 속내를 감추지 않고
만 갈래 촉수로 창 안을 염탐하던 시간이 있었고

으쓱한 게 마음이었는지 몸이었는지 알 수 없는
시간이 접힌 곳을 비집고
깊은 입으로 공기 주머니 하나가 들어온다

병원에는 신들이 산다

손가락 끝에 제 손가락을 맞추고
팔목을 뒤집어 맥박을 가늠해 본다
가슴에 청진기를 들이대 보는

보이지만 보이지 않는 신의 희롱을 거절할 수 없다
태연히 다른 세계로 가듯이
이번에도 잘못을 빌어야 옳은가
두꺼운 외투에 마스크로 얼굴을 가린
마음마저 숨긴 기계에 항복한다

그들은 신이니까

내가 나의 전리품이 되어 수수께끼 같은 표본실 그림이 된다

어떤 시간에게 내 시간을 포개야 하나

다시 우산을 쓰는 혈압은 난간 위에 있고

시인

꿈이 한창 샛바람으로 지나갈 때
석룻빛 노을 물 슬쩍 찍어
떨리는 마음 그리다 보니 노래가 되었네요

그네를 타면 치맛단이 명치끝까지 올라오고
바구니에 봄볕만 담아도 나비가 날아드는 일을 내가 한
것일까요
연지 찍고 신방 문턱 넘던 날은
버선 바닥이 바로 허공을 휘젓더군요
쪽달 같은 속적삼이 촛불 바람에도 일렁이던 첫날밤
돌아누운 남자의 등이 그렇게도 넓었지요

한 사람을 달맞이꽃으로 반기던 시절이 좋았던가요

첫아들 돌잡이 실타래에 세월을 묶고 나니
어느새 갈바람이 허리를 감싸 돌고
어제는 내게 뭘 주었나 오늘은 내게 뭘 줄 수 있나 싶네요
내일이면 길 떠날 나들이옷에 풀물 들이다가
보자기 한쪽 잘라 몇 줄 바람길 읊어 봤지요

\>

묵은 비단 실타래 머리에 둘러 주고

불에 스치는 종이처럼 석양이 드리운

여든여덟 살 소녀가 태우는 살구꽃 같았던 지난날

영영

업데이트 작업 중 28%

PC를 끄지 마시오 이 작업은 시간이 걸립니다

PC가 여러 번 다시 시작됩니다

난 나의 업데이트가 싫어

20분째 28%

그 20분 동안 배는 떠나고 비행기는 활주로를 미끄러지고

하늘은 햇살을 뿌렸다 소나기 던지는 심술을 부릴 테고

바람난 여자는 남자에게 정강이를 차이고

내가 낸 세금은 위정자들의 입 속에서 질경이는 껌이나 되고

입 짧은 들고양이는 캣 맘의 통조림을 발로 차 내고

나는 이런 부끄러운 시를 쓸 테고

붉어진 얼굴로 나무 위에 숨을 테고

나를 기다리던 너는 나를 지워 버릴 테고

나무에서 떨어진 나는 낙엽이 되고 진토가 되고

그 20분 동안 나는 무엇이라도 되기 위해 저 땅 밑에서 시
계를 공글리고

그 20분이나 200년이 지난 후에도 모니터에 광선 검을 날

릴 태세

내 PC는 누굴 위해 있나

모든 시간은 무한대로 업데이트당하기 좋은 시간
업데이트가 없는 날은 어떻게 살지
내
20분
동안
내가 아닌 나를 업데이트할 생각뿐이라면
그 사건은 어제나 또는 언제나의 데자뷔 혹은 데자뷔라
하겠지

한여름 낮의

꿈길에 그가 시를 읽어 준다. 읽으려면 소월의 진달래꽃이나 뭐 그런 시를 읽어 주세요. 그런 시는 많이 읽어 봤잖소. 그이 손에 들려 있는 시집은 23세기 언저리 젊은것들의 도무지 알 수 없는 기하학 같은 그것. 이런 시가 앞서가는 시라고 할 수 있소 시란 어디선가 멈추고야 말 그 날숨이겠으나 내일이 오늘의 자리일 것이라 가정하고 들어 보오. *사각형의내부의사각형의내부의사각형의내부의사각형의내부의사각형사각이난원운동의사각이난원운동의사각이난원……* 혹시라도 다음 생에 다시 태어나서 시를 읽게 된다면 이다음 구절부터 읽으시구려.

앞 동 18층 난간에 다리 하나 걸쳐 놓고 있다. 큰 소리로 시를 읽어 주는 그의 입만 내 방 침대 위를 동동 떠다닌다. 자세히 보니 어제보다 한 뼘쯤 더 난간 밖 쪽으로 다리가 나와 있다. 저 정도면 내가 죽어야 하는 날에는 그의 몸이 내 침대 옆으로 와서 떠다니겠군. 저 입을 가져다 원래 있던 입 자리에 붙여 넣을 수도 있겠구나. 정오의 햇빛 눈부심 협심증 그런 단어들을 떠올리며 심한 오한을 느낀다. 그의 손이 부르르 떨리며 내가 덮고 있는 이불을 끌어다 목까지 꼭 여미어 준다.

>

　어쨌거나 세상은 쉬지 않고 시가 태어나는 오후, 꿈이 퍽
달콤하다. 그의 눈 속에서 솟은 진땀이 나의 귓바퀴를 다고
흐른다. 이제 오후의 꿈에서 깨어나야겠다. 동동거리는 입
은 아직도 못 알아들을 시를 읽고 있고, 앞 동의 18층 난간
에 걸터앉은 몸에서 자라 나온 손은, 부지런히 소월의 시집
을 뒤적이고 있다. 그의 시는 인생의 생략형 같고, 나는 18
세기 7월 한낮의 달콤한 악몽 속이다.

＊ 이상의 시 「건축무한육면각체」 부분.

시가 오는 시간

선잠을 깬 달큰한 새벽
노트에 누는 시는 따깍따깍 끊어져 내리고
포도알로 몽글히 떨어져 변기에 박히는
쉬가 마려운 시간의 동녘은 아직 보랏빛이다

쉬이 쉬이 마당 쓰는 소리가 들리고
나의 어딘가를 한 번만 지나간 비질이 있다
끄응 돌아눕는 건
돌아보지 못하는 건
섬돌 오르던 빗소리 때문이라고
쉬잇 손가락을 세운다

시큼한 포도 한 알 툭 떨어지는
시가 마려운 새벽
새벽에만 문을 흔드는 쉬, 혹은 시

깨어진 시간 활용법

낯선 구멍 속으로 하루가 관중처럼 사라지면
대청소를 했다
돌부리에 차인 시간이 다른 길로 갔다 튕겨지며
느닷없이 뒤집어지는 공간
생각의 수보다 많은 머릿속 먼지
청소는 나의 오래된 일과여서 할수록 채워지고

곰팡이 들어앉은 옛날얘기들은 내다 버리고
창문 블라인드를 내린다
들것에 실려 나간 오늘이 훌훌 털고
어느 나무 그림자 밑에 우뚝 서면
내가 바로 너 같은 사람을 찾고 있었어, 하고 쫓아가고
싶겠지
새로 생긴 시간들을 만나면 바쁜 척하는 시계들

햇살은 부지런히 조각난 스케줄의 퍼즐을 맞추어 보지만
빛의 틈을 메꿀수록 비어지는 하루에
틈틈이 들어가 자리를 채우는 ㄱㄴㄷ 들.

질투는 나의 힘

'질투는 나의 힘'이라고 연필로 쓰고
지우개로 '힘'부터 꽉 눌러 올려
'힘의나는투질'까지 말아서 지운다
멍석말이시킨 '질. 투. 는. 나. 의. 힘'이 또르르 말린
지우개 똥 안에서 몸부림이다
문드러져 피똥을 지린 글을 왼손 엄지손가락 끝에 침을 묻혀
톡 찍어 올린다.

글자들의 무덤이 된 찌그러진 양철 필통 안으로
'질투는 나의 힘'이 던져진 시간은
어제 유폐된 소월의 '봄밤'이 이미 신음을 끝낸 후

미처 피기도 전에 시들어 가는 시들이
병든 요정처럼 푸른 피를 날리며 날아오른다

멍석말이되어 던져지는 수없는 시어들

양미간을 조이며
필사 노트 앞에 꿇어앉은 시간들을 세워 두고

단 한 번만이라도 스스로를 사랑하겠노라는*

내일의 시집 하나

* 기형도의 「질투는 나의 힘」에서 변주함.

내일의 시집 하나를 위하여

이현호(시인)

1

박영선 시인의 첫 시집인 『여기 잠깐만 앉았다 가면 안 돼
요』는 지난至難하고 괴로운 싸움의 기록이다. 이 시집에서
시인은 스스로 저 자신은 물론 세상과도 불화하고 있음을
숨기지 않는다. 또 거기서 얻은 상처를 드러내는 데도 주저
함이 없다. 곳곳에 고투의 상흔이 피어 있는 이번 시집이 하
나의 거대한 전장戰場이라면, 각각의 시편은 그 하나하나가
치열한 전투가 벌어졌던 격전지라고 할 만하다.

때로는 자기 자신을 때로는 세상을 전쟁터로 삼는 시인의
무기는 으레 시詩다. 가벼운 종이 위에 쓰인 시가 그의 칼
이고 총알이다. 시인은 전쟁에서 살아남기 위해 쓰고 또 쓴
다. 어떤 시에서는 자기 내면과 세상의 가장 밑바닥을 포복
하고, 어떤 시에서는 재치 있고 감각적인 표현으로 유격전

을 벌이고, 어떤 시에서는 배수진을 친 채 결사전을 펼치기도 하면서. 시인은 시로써 안팎의 적과 맞서며, 끝내는 시로써 전상戰傷마저 치유하고자 한다.

전장으로 내몬 이는 아무도 없건만, 이를 제 운명으로 받아들인 시인은 상처투성이의 몸으로 싸움을 멈추지 않는다. 그는 도망병이 되거나 패잔병이 되거나 포로가 되느니 차라리 그 자리에서 꼿꼿이 선 채 죽고자 한다. 비록 그 끝에 남는 것이 부끄럽지 않은 시인이라는 자기 인정뿐이라고 해도. 훈장이 되지 못하는 몇 편의 시일 뿐이라도.

2

밤을 사는 나비와 낮을 살고 있는 나는 늘 불화한다

네발로 걷는 걸음과 두 발로 기는 걸음
다음 시간으로 넘어갈 때 누가 유리할까

가출한 나비를 찾으려 밤으로 나갔다
어제도 걸었던 길에 물웅덩이가 생겼다
고양이가 뛰어넘었을 깊은 어둠이
보도블록으로 모습을 숨기고 있다

하늘을 담고

하루 새 이끼로 막을 두른 웅덩이
마침 나비의 꼬리를 물고 있다
나도 이런 풍경 속에서 나온 적이 있다

꼬리를 삼키고 밤의 잔물결로 입가심하는
나비

모든 가출은 어렵다

　　　　　　　　　　　　—「고양이를 찾아서」 부분

『여기 잠깐만 앉았다 가면 안 돼요』에는 자기 자신과 또 세상과의 불화를 표명하는 시가 여럿 있다. 그중에서도 「고양이를 찾아서」는 첫 행부터 "불화"라는 시어가 등장한다. 불화하는 두 대상은 "나비"와 "나"인데, 시에는 그 이유가 구체적으로 드러나 있다. "밤을 사는 나비와 낮을 살고 있는 나", "네발로 걷는 걸음과 두 발로 기는 걸음"이 그것이다. 여기서 비롯한 둘의 갈등은 나비의 "가출"로 이어진다. "나"는 낮을 사는 존재이지만, "가출한 나비를 찾으려 밤으로" 나간다. "어제도 걸었던 길"이나 시 후반부의 "오래전부터의 일이다"라는 구절을 보면, 이런 일이 한두 번 일어난 것이 아님을 알 수 있다.

"낮이 이성의 시간이라면 밤은 상상력의 시간이다. 낮이 사회적 자아의 세계라면 밤은 창조적 자아의 시간이다. 낭만주의 이후의 문학, 특히 시는 이 밤에 모든 것을 걸었다."

황현산 평론가의 산문집 『밤이 선생이다』의 한 대목이다. 주지하다시피 낮은 이성의 시간이고, 밤은 감성과 본능과 상상력이 지배하는 시간이다. 낮의 우리가 두 발로 직립보행하는 인간이라면, 밤의 우리는 네발로 걷는 짐승에 가깝다. 낮 동안 사회적 자아의 탈을 쓰고 행동하던 우리는 밤이 되면 그 가면을 벗고 본래 자신의 모습으로 돌아간다. 시가 쓰이는 것도 이때다.

우리가 흔히 고양이에게 갖는 이미지는 길들일 수 없고, 제멋대로라는 것이다. 실제로 고양이는 다가가는 만큼 달아나다가도 어느새 제 발로 다가와 이마를 비비기도 하고, 시쳇말로 자기를 기를 집사를 간택하기도 한다. 이런 고양이의 속성은 어딘가 영감靈感을 닮았다. 머리를 쥐어뜯을 때는 좀처럼 오지 않다가, 부지불식간에 떠오르는 영감. 「고양이를 찾아서」에서 낮을 사는 내가 밤으로 나가 찾으려는 나비는 실재하는 고양이라기보다는 이런 영감과 상상력, 나아가 한 편의 시다. "세 번째 시집을 낸 시인과 밥을 먹고 들어온 날/ 고양이가 주인공인 유튜브를 새벽 세 시까지 본다// …(중략)…// 세 달째 시 한 편 못 만들어 낸 나는/ 고양이 동영상 사이로 옆눈을 뜨고 시를 읽어 본다"(「참으로 시니컬한」)에서도 알 수 있듯이, 이 시집에서 고양이는 창작의 순간과 연관 있다. "빛을 훔친 짐승이 속내를 감추지 않고/ 만 갈래 촉수로 창 안을 염탐하던 시간"(「병원엔 신들이 산다」) 역시 같은 맥락이다.

낮을 사는 내가 밤을 사는 나비를 찾아 밤으로 나갔듯이,

낮과 밤 그리고 나와 나비는 불화하면서도 엄격히 분리되지 않는다. 아니 애초에 멀리 떨어져 있는 것들 사이에 불화가 일어날 리 없다. 싫으나 좋으나 나와 고양이는 한집에 사는, 시인 자신의 면면이다. "네발로 걷는 걸음과 두 발로 기는 걸음"이라는 뒤틀린 표현은 이 점을 말해 준다. '네발로 기는 걸음'과 '두 발로 걷는 걸음'이 자연스러운 표현일 텐데, 여기서는 네발로 걷고, 두 발로 긴다. 나라는 사람과 고양이라는 짐승의 속성이 뒤섞여 있다.

이러니 "모든 가출은 어렵다". 감정과 상상력과 영감은 이성의 간섭과 사회적 자아의 억압에서 멀리 달아나지 못한다. 시인에게는 두 발로 서 있을지라도 낮을 산다는 것은 "기는" 일이고, 비록 네발일지라도 마음껏 밤을 활보하는 것이야말로 사람답게 "걷는" 일이다. 그러나 우리는 두 발 걸음과 네발걸음 중 어느 한 가지 걸음걸이만으로는 살아갈 수 없다. 하여 걷고 싶은 걸음과 걸어야 할 걸음이 엇갈리며 자꾸 발이 뒤엉킨다. 시인은 넘어지고 또 넘어진다. 마치 그것이 시인의 길이라는 듯이.

딛는 땅과의 불화는 늘 발등의 불. 실하지 못한 발과 고르지 않은 땅에 타협하지 않은 시간의 틈서리가 있었다. 말하자면 앞선 생각과 뒤늦은 마음이 장애물을 채 넘지 못한 것. 놓여야 할 자리에 놓이지 못한 발과 공간과의 엇갈림은 예견된 일이었고 충돌한 두 발은 공중을 바라보았다. …(중략)…

왼쪽 발에 걸려 오른쪽 발목이 부러지는 게 인생 아니었나.
　　　　　　　　　　　　　　　　　　　　—「STOP, 내일의 일기」 부분

그런 날이 있지
잘 넘어 다니던 돌부리가 그날따라 발끝에 걷어채는

하늘이 먹장구름을 모자처럼 쓴 날
땅속에 몸을 감추고 있던 부리가 달려들어
샌들 속 엄지발가락을 찍었다
어느 날 우연히 발견한
등에 있는 점같이 낯선 일이었다
　　　　　　　　　　　　　　　　　　　　—「뿌리」 부분

밤의 무게를 다는 어깻죽지 한쪽
세상이 거웃 한 올 같아 보여 갸웃
공연히 공원 한 바퀴 돌다 왼발이 반대 발에 딴지를 건다
　　　　　　　　　　　　　　　　　　　　—「잊혀야 할」 부분

『여기 잠깐만 앉았다 가면 안 돼요』에는 무언가에 걸려 넘
어지는 장면이 자주 나온다. 이 넘어짐은 불화의 구체적인
양상이다. 「고양이를 찾아서」의 불화가 자기 내면의 문제
라면, 위 시들에 드러나는 불화의 대상은 이 세계다. 시인
은 "딛는 땅과의 불화"로 인해 넘어지고, 별다른 이유 없이
"어느 날 우연히" 넘어지고, "공연히 공원 한 바퀴 돌다" 넘

어진다. 세상은 그를 "놓여야 할 자리에 놓이지 못"하게 하고, 아무 잘못도 없는 그에게 "달려들어" 뺑소니처럼 치고 가고, 삶의 무게로써 그의 앞길에 "딴지를 건다". 이는 특별한 시적 정황이 아니라 누구라도 살면서 겪을 수 있는 일들이다. "카페를 나서자 다시 내리는/ 비는/ 항상 느닷없고"(『비를 비유하는 말』)라는 구절처럼, 또 "몸에도 오고 맘에도 올 수 있는/ 그냥 그런 겁니다/ 일테면 교통사고처럼 갑자기 들이닥친/ 일테면 교통사고로 다친 것 같은 거"(『도돌이표』)라는 구절처럼, 세상과의 불화 속에서 불행은 불쑥 불청객같이 찾아와 우리 삶을 뒤흔든다.

뒤축이 꿰어지기 전에
이마가 먼저 출근하려 나서고

…(중략)…

느티나무 벤치 옆 빵 봉지로 옮겨 앉는 사이
시간표만 싣고 돌아가는 통 큰 버스
—「지각」 부분

발걸음은 뒤뚱거려 높은 구두 뒷굽이 자꾸 먼저 나오려 하겠죠
—「두물머리에서」 부분

고물상 저울을 꾸욱 밟고 선 마음이

미처 따라오지 못한 발뒤축을 타박한다

—「횡재한 날」 부분

사이렌을 부르자, 앰뷸런스가 몸만 싣고 달리고 달리
고…… 그렇게 빨리 달리면 심심한 마음이 못 따라갈 수
도 있어요.

—「오늘을 전시하자면」 부분

한편 이 시집에는 무언가 어긋나는 이미지도 빈번히 나
타난다. 신체의 각 부위가 박자를 맞추지 못한 채 부자연스
럽게 움직이고, 사람과 사물이 어울리지 못하고, 몸과 마음
이 따로 논다. 이와 같은 어긋남은 앞서 네발과 두 발이 뒤
엉키는 것이나, 넘어지는 이미지가 자주 등장하는 것의 연
장선이다. 마음속이란 하나의 거대한 올무이고, 세상은 온
통 덫으로 뒤덮인 곳인가. 시집을 읽으며 시인과 함께 자꾸
넘어지다 보면 저절로 이런 생각이 든다. 시인은 시로써 자
신을 쓰러뜨리려는 온갖 불화에 맞서지만, 그것이 쉬울 리
없다. 늘 안으로는 자신과 싸우고, 밖으로는 세상과 맞붙는
이의 몸과 마음이 성할 리 없다. 「연관통」「가위」「치통과 밤
의 역학 관계」「도돌이표」「오늘을 전시하자면」「병원엔 신
들이 산다」 등 여러 편의 시가 병원을 배경으로 하거나, 치
통 따위의 통증을 소재로 하거나, 화자의 신경증 증세를 드
러내는 것은 그래서일 테다. 시인에게는 "이제는 쉬어야 할

시간"(「치통과 밤의 역학 관계」)이 절실하다.

3

12시에 뛰기 시작한 심장이
쓰레기통에 있던 시간을 꺼내어 외출을 한다
찾아간 곳은 폐업 직전의 영화관
196석의 붉은 좌석을 채운 건 내 어깨와 팝콘 한 상자
불이 꺼지고 청소하던 알바생이 막 자리를 뜬다

저기요, 여기 잠깐만 앉았다 가면 안 돼요?
혼자 보려니 무서워서 그래요
저도 이런 거는 잘 못 보는데요
그래도 옆 좌석에 화분처럼 엉덩이를 얹어 준다

그럼 어떤 영화 좋아하세요
그냥 사람이 많이 드는 영화 좋아해요
그렇구나 사람 안 드는 영화는 싫어하시는구나
지금처럼 관객 혼자 보는 영화가 더 무서워요

그런데 왜 혼자세요
조금 춥네요

누구 들으라고 했던 이야기들이 스크린에 펼쳐진다

손마디에서 삐져나오려는 손톱들을 누르느라
손가락 끝이 진땀을 흘리고

영화 속에서만 살아야 할 사람들이 객석을 차지하면
무슨 일이 곧 일어날 스크린 속으로 나마저 빨려 들어간다

영화를 보다가 자막을 보는 건 무언가를 훔치는 것 같다
—「공포 영화를 좋아하세요」 부분

영화관은 만들어진 밤이다. 시인은 "뛰기 시작한 심장"
으로 "쓰레기통에 있던 시간을 꺼내어" 그곳을 찾는다. 마
치 한 마리 고양이처럼, 시인은 "폐업 직전의 영화관"으로
'외출(가출)'한다. 이윽고 영화관의 "불이 꺼지고", 이제 시
인은 그토록 원하던 밤으로 들어간다. 영화관은 누구나 쉽
게 찾을 수 있는 휴식과 여가와 취미의 장소이자 상상이 실
현되는 공간. 그런데 시인이 이곳에서 관람하는 것은 다름
아닌 공포 영화다. 시인은 공포에 질려 "손마디에서 삐져
나오려는 손톱들을 누르느라/ 손가락 끝이 진땀을 흘리"는
데도 자리를 벗어나지 못한다. 현실과 영화가 뒤섞이며 무
엇이 진실인지 알 수 없게 되었기 때문이다. 영화관에서는
"누구 들으라고 했던 이야기들이 스크린에 펼쳐"지고, "영
화 속에서만 살아야 할 사람들이 객석을 차지하"고 있다.

이 상황은 공포에서 비롯한 것일까, 아니면 이 상황이 공포를 불러일으킨 것일까. 그리고 지금 시인이 보는 공포 영화는 무엇일까.

"바다를 배경으로 한껏 몸을 꼬고 앉아 있던 내가/ 수십 년 전의 어느 날을 영사기로 돌려 보인다"(「뒷장에 적다」)에서 시인은 추억을 영사기를 돌리는 일에 비유한다. "어쩌면 여행의 시작은 60년 전으로 거슬러 올라갔을지// 그동안 나는 너무 많은 우산을 잃어버렸지, 버렸지/ 우산을 찾는 과정은 영상으로 만들어져야 하지만"(「설산에서」)에서는 추억의 생성을 '영상이 만들어지는' 일로 표현한다. 이에 따르자면 「공포 영화를 좋아하세요」의 영화관은 시인 자신의 내면이고, 그 속에서 상영되는 것은 으레 기억의 한 장면이다. 스크린을 본다는 것은 추억과 다름없고, 이때의 스크린은 여러 시에서 "거울"(「어떤 기억법」), "사진"(「뒷장에 적다」), "액자"(「밤손님」) 등으로 다양하게 변주된다. 마치 백석이 「흰 바람벽이 있어」에서 "흰 바람벽"을 통해 가족을 회상하듯이 시인은 이 사물들을 매개로써 추억에 잠긴다. 추억이 "혼자 보는 영화"인 것은 기억의 필름은 남과 공유할 수 없기 때문이다.

문제는 이 영화의 장르가 공포 영화라는 점이다. 온갖 불화와 거기서 비롯한 싸움으로 얼룩진 삶이 남긴 기억은 그리 따뜻하지 않다. 트라우마와 같은 기억은 불쑥 시인의 뜻과는 무관하게 상영되며, 「가위」나 「도돌이표」 같은 시를 낳는다. 「공포 영화를 좋아하세요」에서 객석과 스크린 속 세상이 뒤섞이듯이, 깊은 상처로 남은 기억은 현실에까지 영향을 미친다. "길바닥에 방치된 미스 킴이 하늘을 베고 누운 건 10분 전의 일이었으나 지난 생에 일어난 일일 수도 있겠다"(「꽃집 앞 살화 사건에 대한 보고서」), "이곳이 거울 안인지 밖인지"(「어떤 기억법」), "나는 아마 생을 미리 살아 버린 건 아닐까/ 그, 때가/ 그전의 생이었는지 돌아올 생인지"(「손대지 마시오」), "진정제를 먹으니 걸으며 꿈을 꾸었지요 꿈과 깸이 구분이 안 됐어요"(「도돌이표」), "그 사건은 어제나 또는 언제 나의 데자뷔 혹은 데자뷔라 하겠지"(「영영」) 등등 이 시집에는 현실과 기억이 혼재하며, 그 사이에서 갈피를 잡지 못하겠다는 화자가 곧잘 눈에 띈다. 「늙은 메리는 어떤 생각을 할까」에는 아예 치매에 걸려 뒤범벅된 "기억의 창고를 열어 보는 메리"도 나온다.

삶을 어둡게 물들이는 기억, 그 강렬한 힘으로써 쉼 없이 현실로 회귀하려는 기억을 마주하며 시인은 공포를 느낀다. 시인은 용기를 내어 "저기요, 여기 잠깐만 앉았다 가면 안 돼요?/ 혼자 보려니 무서워서 그래요"라고 말해 보지만, "엔딩 자막이 올라가고 돌아온 세상/ 알바생이 앉았던 자리엔 빨간 운동화 한 짝만"(「공포 영화를 좋아하세요」) 남아 있을 뿐이다. 그런데도 시인은 자신이 느끼는 무서움을 있는 그대로 드러내며, 이를 외면하지 않는다. 시로써 그 공포심을 포획한다. 「도돌이표」에서 화자는 "이런, 제기랄 나는 살려 달라고 왔다고요……"라며 병원을 찾지만, 실제 시인이 살기 위해 찾는 곳은 시의 품속이다. 시인은 쓰고 또 쓴다. "영화관을 나서는데 멀쩡하다던 그 이가/ 또 아프다고"(『연관통』)할지라도, 아니 그래서 시인은 시 쓰는 일을 멈출 수 없다.

4

물론 시인이 간직한 기억이 모두 괴롭기만 한 것은 아니다. 『여기 잠깐만 앉았다 가면 안 돼요』에는 「모던 타임즈」 「두물머리에서」 「형의 이력서」 「늦게 발견한 나의 아궁이」 「뒷장에 적다」 「장마 무렵」 「합곡 혈자리」 「깁다」 등 따뜻하고 아름다운 시편으로 되살아난 기억도 많다. 그중에서도 「귤을 보면」은 좀 특별하다. 이 작품은 "푸른곰팡이가 피어올라/ 만지면 질척한 추억"이 시가 되는 과정을 그린다. 시로써 앞서 말했던 불화를 어떻게 극복하는지, 현실을 침해하는 기억을 어떻게 시로써 포용하는지를 보여 준다. 또한 "꿈이 한창 샛바람으로 지나갈 때/ 석룻빛 노을 물 슬쩍 찍어/ 떨리는 마음 그리다 보니 노래가 되었네요"(「시인」)라는 구절이 시인이 밝힌 시작법의 하나라면, 「귤을 보면」은 거기에 잘 들어맞는 작품이다.

봉지를 뚫고 나오는 퀴퀴하고 달착지근하고 푸석한 냄새
푸른곰팡이가 피어올라
만지면 질척한 추억만 쩌억 묻어 나오는
이미 귤이 아닌

132

멀리 있는 손자 주려고 숨겨 놓았던
다락에 퍼져 있던 할머니의 마음 냄새가 생각나
난 지금도 곰팡이 핀 귤을 잘 버리지 못해

말수가 점점 줄어 나이 든 어린애가 되어서도
잠들 때까지 귤을 오물거렸고
손자가 오고 나서야 눈을 감았다는
그날 아침에도
할머니 머리맡에는 귤껍질이 수북했단다

기억은 이미 박제가 되었지만
어제보다 먼 시간은 모두 그리움으로 남지
나도
너를

달콤하고 구수하고 뭉클한
되돌아가서 한번 푹 안겨 보고 싶은
　　　　　　　　　　　　─「귤을 보면」 전문

　썩을 대로 썩은 귤. 그것은 할머니가 '멀리 있는 손자 주려고 다락에 숨겨 놓았던' 것이다. "나이 든 어린애"가 되었다는 표현에 비추어 보건대 아마도 치매를 겪은 할머니는 자신이 다락에 귤을 숨겨 놓았다는 사실조차 잊은 모양이다. "손자가 오고 나서야 눈을 감았다는" 할머니. 손자는

다락에서 뒤늦게 발견한 "곰팡이 핀 귤"을 보며, 자신을 아끼던 할머니의 마음을 헤아린다. 그리고 이 기억은 오래도록 잊히지 않아서 이제는 어른이 된 손자는 "지금도 곰팡이 핀 귤을 잘 버리지 못"한다.

'귤'이 할머니에 관한 추억을 불러오는 것이라면, "쿼쿼하고 달착지근하고 푸석"하게 곰삭아 '이미 귤이 아닌 귤'은 그리움 그 자체. '귤'이 '귤이 아닌 것'으로 변질하였듯 '박제된 기억'은 "모두 그리움으로" 남는다. 시인에게 그리움이란 부패한 기억이다. "마음 냄새"란 기억이 부패하며 풍기는 냄새일 터. 「그 남자와 프라이드」에서도 "고릿한 생선 냄새"와 "새 차 냄새"는 아버지와 새 차에 얽힌 추억을 불러일으키는 매개체다. 이 시의 마지막 구절인 "차 안에는 말린 생선 냄새와 새 차 냄새/ 또 다른 냄새 하나가 앉아 있다"에서 "또 다른 냄새"는 "마음 냄새"의 다른 표현이고, 부패한 기억으로서 그리움이다.

『여기 잠깐만 앉았다 가면 안 돼요』의 시는 크게 둘로 나눌 수 있다. 하나는 안팎의 불화와 거기서 비롯하는 고통을 날것 그대로 드러내는 작품이다. 다른 하나는 "어제보다 먼 시간"을 지나며, "달콤하고 구수하고 뭉클한/ 되돌아가서 한번 푹 안겨 보고 싶은" 것으로 승화한 불화와 고통을 다룬 작품이다. 사뭇 다른 분위기를 풍기는 작품들을 오가며 든 생각은 박영선 시인에게 시 쓰기란 김매기를 하듯이 마음 밭을 솎아 내는 일이라는 것이다. 잡초처럼 솟아나는 부정적인 감정과 기억을 제 손으로 잡아 뜯는 그 일은 응당 괴롭다. 이 시집에는 그 아픔과 잡초가 뽑혀 나간 자리의 상처가 고스란하다. 이 과정에서 쓰인 시들이 전자의 작품이라면, 후자의 작품은 김매기를 거친 후 풍요로워진 논밭을 떠오르게 한다. 후자의 작품들에서는 불화보다는 화해가, 고통보다는 따뜻한 포용이 느껴진다.

두 작품군이 품은 분위기는 다르지만, 그것들은 "사랑은 대개 막다른 골목에서 시작되지"(「사랑」)라는 말처럼 모두 "막다른 골목"에서 피어난 작품들이다. 막다른 곳에서 시작되는 것은 사랑만이 아니다. 이번 시집에서 시인은 마치 끝간 데까지 가지 않고는 무엇도 시작할 수 없다는 듯이, 시작詩作할 수 없다는 듯이 자신을 몰아붙인다. '시는 막다른 골목에서 시작詩作되지'라고 항변이라도 하는 듯하다. 그렇다면 시인은 왜 자기 자신을 막다른 곳으로 내모는가. 그리하여 그가 이루고자 하는 바는 무엇인가. 시인이 머무는 데는 "어쨌거나 세상은 쉬지 않고 시가 태어나는 오후"(「한여름 낮의」)이니 그 답 역시 시 안에 있다. 시인은 「질투는 나의 힘」의 마지막을 이렇게 끝맺는다. "단 한 번만이라도 스스로를 사랑하겠노라는/ 내일의 시집 하나"라고.

박영선 시인은 지금이 아닌 "내일의 시집"을 위해 시 쓰기를 멈추지 않는다. 그리하여 끝내 자신을 사랑하겠노라고 다짐한다. 이것이 자기애의 표출이 아님은 분명하다. 이는 스스로 흡족한 시를 쓰고, 스스로 부끄럽지 않은 한 명의 시인이 되겠다는 의지다. 그럼으로써 세상을 받아들이고, 자신과 화해하겠다는 선언이다. 박영선 시인이 가고자 하는 그 길이 결코 평탄할 리 없다. 또한 끝내 막다른 데 다다를 그 길은 오롯이 혼자서만 갈 수 있는 외로운 길이다. 누구보다 시인 스스로 그것을 잘 알고 있다. 그런 시인을 지켜보며 우리가 할 수 있는 일이라고는 그가 지나간 자리에 '잠깐만 앉았다 가는 것'뿐이다. 그리고 잠시 그 자리에 머문 나는 조금은 엉뚱한 말로 이 글을 마치고 싶다. "상처 많은 놈이 자연산이라네"(「날것끼리」).